BATMAN™

EL JARDÍN DE HIEDRA VENENOSA

TEXTO DE
BLAKE A. HOENA

ILUSTRADO POR
ERIK DOESCHER,
MIKE DECARLO Y LEE
LOUGHRIDGE

BATMAN CREADO POR
BOB KANE

LABERINTO

Copyright © 2011 DC Comics.
BATMAN and all related characters
and elements are trademarks of and © DC Comics.
(s11)

EDLA 26117

BATMAN creado por Bob Kane
Título original: *Poison Ivy's Deadly Garden*
Texto original: Blake A. Hoena
Ilustraciones: Erik Doescher, Mike DeCarlo y Lee Loughridge
Traducción: Sara Cano Fernández
Publicado bajo licencia por Ediciones del Laberinto, S. L., 2011
ISBN: 978-84-8483-627-8
Depósito Legal: M-39637-2011
Imprime: Top Printer Plus
EDICIONES DEL LABERINTO, S. L.
www.edicioneslaberinto.es

ÍNDICE

CAPÍTULO 1

LIBRE DE INSECTOS

El nuevo jardín botánico de Gotham había hecho que se incrementara el número de visitantes de Robinson Park. La gente acudía para admirar las hermosas flores de brillantes colores y las plantas exóticas. Por eso estaban allí Carter Garvey y su madre. O, por lo menos, ese era el motivo de su madre para visitar el parque porque…

…Carter tenía otros planes. Había accedido a ir al jardín botánico, pero más que las plantas, a él lo que le interesaban eran los insectos. Y seguro que en aquel sitio lleno de plantas raras había algunos bichos asquerosos, que eran los que más le gustaban al chico.

Mientras Carter y su madre paseaban por el parque, vieron a un anciano de ojos tristes sentado solo frente a la entrada del jardín botánico. El hombre tenía a sus pies una bolsa de papel grasienta. Por el suelo había desperdigadas palomitas de maíz. El anciano miraba alternativamente el cielo despejado y los copos blancos esparcidos por el suelo.

—¿Qué le pasa, mamá? —preguntó Carter.

—Está dando de comer a las palomas —contestó su madre.

—Pero si hoy no hay palomas —dijo Carter, mirando a su alrededor—. Al menos por aquí. ¿Qué crees que les habrá pasado?

Su madre se quedó parada, miró a Carter y después al anciano.

—No les ha pasado nada —respondió ella—. Ahora, ¡vamos! Se está empezando a formar cola.

Cuando entraron en el jardín botánico, la mujer no dejaba de exclamar «oh» y «ah» ante cada planta que veía. Carter iba un poco rezagado: sus intereses eran distintos. Cuando le anunciaron que visitarían el museo, había imaginado que tendría la oportunidad de ver algún insecto tan exótico como las plantas que exhibían. Pero Carter miró y miró y no vio ni siquiera una miserable abeja zumbando de flor en flor, ni mariposas coloreando el cielo, ni hormigas afanosas llevando comida por el suelo.

Carter observó que su madre estaba hablando con uno de los jardineros del parque y se aproximó corriendo hacia ellos.

—Este jovencito debe de ser su hijo —supuso el jardinero.

—Sí, aunque me temo que está más interesado en los bichos que en las plantas —dijo su madre.

—Señor... ¿por qué aquí no hay ni un solo insecto? —los interrumpió Carter.

—¡Carter! —le regañó su madre, enfadada—. ¿No puedes ser un poco más educado?

—Es una buena pregunta —dijo el jardinero—. En nuestro jardín botánico no hay insectos porque las plantas se autopolinizan.

Carter había estudiado en la escuela que algunas plantas pueden polinizarse a sí mismas, pero la mayoría necesitan que los insectos u otros animales pequeños transporten el polen para la fertilización.

«Qué raro...», pensó Carter. Tampoco recordaba haber visto ningún animal en el parque: ni ardillas, ni pájaros. Nada.

El multimillonario Bruce Wayne llevaba un rato observando a Carter. ¿Por qué rebuscaba aquel muchacho entre las plantas, apartando las hojas y volteando las piedras de las jardineras? Parecía como si estuviera buscando algo y no lo encontrara.

Cuando Carter se acercó a los jardineros, Wayne lo siguió con disimulo, se escondió detrás del grupo y escuchó. La explicación de por qué allí no había insectos era un poco extraña. Igual que a Carter, al multimillonario le parecía que estaba pasando algo raro pero, a diferencia del niño, él pretendía investigar el asunto más a fondo, porque Bruce Wayne era el mayor héroe que había en Gotham City: Batman. El empresario se dirigió a la salida.

—¡Señor Wayne! —lo llamó una mujer.

Wayne se volvió para mirar quién era. La directora del jardín botánico se dirigía hacia él.

—Señor Wayne, aún no ha visto la sala de recepciones —le dijo—. ¿Sigue interesado en celebrar aquí la fiesta de su empresa?

—Lo siento, este año no —se disculpó.

Dio media vuelta y salió del jardín botánico.

«Hay algo en este lugar que me da mala espina», pensó, «y voy a averiguar qué es».

CAPÍTULO 2

LOS ATAQUES

Cuando se puso el sol, el anciano que Carter había visto sentado junto al jardín botánico se levantó de su banco. Llevaba treinta años dando de comer a las palomas de Robinson Park.

Todos los días llenaba una bolsita con migas de pan, restos de patatas fritas o palomitas. Aquel era el primer día que las palomas no acudían.

Mientras el hombre rodeaba la barrera de arbustos que circundaban el jardín botánico, escuchó un sonido de alas batiendo: un pájaro había caído dentro de un espeso matorral. El anciano lo escuchó piar desesperado.

¡Pii! ¡Pii! ¡Pii!

El hombre corrió al matorral pero, cuando llegó, el pájaro había desaparecido. Lo único que quedaba de él eran unas pocas plumas enganchadas en el arco de unas ramas.

Las hojas empezaron a moverse, como si algo se estuviera abriendo camino a través de los arbustos.

El hombre retrocedió, asustado, y, al hacerlo, tropezó con una enredadera que se le había enganchado en torno al tobillo.

El anciano cayó al suelo. **¡ZAS!** El pobre hombre intentó escapar a cuatro patas de lo que fuera que lo estaba persiguiendo.

De los arbustos empezaron a surgir enredaderas que se enroscaban en torno a sus brazos, cintura y piernas. El abrazo mortal se hizo cada vez más estrecho, hasta que llegó un momento en que ya no pudo moverse.

El hombre sintió que las enredaderas empezaban a tirar de él. Cuando abrió la boca para gritar, una de aquellas horribles plantas se la cerró como si fuera una mordaza.

De pronto, un objeto metálico surcó el aire. **FIUUU** El afilado objeto cortó las enredaderas, liberando al hombre de su asfixiante abrazo.

La sombría silueta de Batman se cernió sobre el anciano. El Caballero Oscuro se inclinó y recogió del suelo un objeto metálico: un batarang.

De entre los arbustos surgieron aún más enredaderas, que se enroscaron en torno a las muñecas y los tobillos de Batman, inmovilizándole brazos y piernas.

—¡Huye! —gritó Batman al anciano.

El batarang reflejó la luz de la luna al moverse entre las manos de Batman. Con un veloz giro de muñeca, el Cruzado Enmascarado se liberó de las enredaderas.

Las plantas acometieron de nuevo. Batman se apartó de un salto, cercenándolas antes de que pudieran alcanzarlo. **FIUUU FIUUU**

De repente, las enredaderas se esfumaron tan rápido como habían aparecido. Batman las buscó por todos lados: entre los arbustos, dentro del recinto del jardín botánico… pero no fue capaz de encontrar rastro de ellas. Era como si se hubieran volatilizado.

—¡Alfred! —dijo Batman a través del micrófono instalado en la capucha de su traje—. Pásame con el comisario Gordon.

Alfred era el mayordomo de Bruce Wayne y el leal asistente de Batman desde hacía años.

Pocos minutos después, la voz del jefe de policía sonó a través de los auriculares de la capucha.

—¿Qué ha pasado, Batman? —preguntó el comisario.

—Un hombre ha sido atacado en Robinson Park —contestó.

—¿Has atrapado al agresor? —quiso saber el comisario.

—No, pero la víctima está a salvo —respondió Batman, mirando al aterrorizado anciano.

—Puedo mandar un coche patrulla como refuerzo —propuso Gordon— si necesitas ayuda para encontrar al atacante

—Creo que unos cuantos agentes de policía no serán suficientes. Me parece que deberíamos cerrar el parque —dijo Batman—. No sé exactamente qué ha sido lo que ha atacado al hombre, pero lo que sí sé es que este lugar no es seguro.

—El alcalde Hill se negará a hacerlo: el banquete anual de la alcaldía se celebra este fin de semana en la sala de recepciones del jardín botánico —explicó el comisario—. Los alcaldes de Nueva York y Metrópolis están invitados, sería una vergüenza para él tener que cancelar el banquete ahora.

El comisario Gordon mandó un coche patrulla al jardín botánico y cortó la comunicación. Batman aprovechó para volver a llamar a Alfred.

—¿Qué piensa hacer ahora, amo? —preguntó Alfred.

Batman se guardó un trozo de enredadera que se le había quedado enganchada al traje.

—Creo que va siendo hora de desempolvar mis libros de Botánica.

• • •

De vuelta en la Batcueva, su guarida, Batman estaba sentado en una silla, concentrado en una pantalla: estudiaba la sección de una hoja proyectada en su ordenador de última generación.

Alfred se acercó por detrás y dejó una taza de té humeante junto al Cruzado Enmascarado.

—¿Ha conseguido identificar qué tipo de enredaderas son? —le preguntó.

—No —contestó Batman—. No corresponden con ninguna de las especies que hay en el parque. Ni con ninguna de las especies que existen en el mundo. Sin embargo, he averiguado algo sobre ellas: son un tipo de planta carnívora —dijo, señalando la pantalla del ordenador—. ¿Ves esas espinas en las hojas? Son para aferrar mejor su comida. En lugar de obtener nutrientes del suelo, estas enredaderas se nutren de las presas que atrapan.

—Y eso incluye perros, gatos, insectos y pájaros, ¿verdad, amo? —preguntó Alfred.

Batman giró la silla para ponerse de frente a Alfred.

—Exacto —asintió Batman—. ¿Por qué lo preguntas?

—Porque el comisario Gordon nos ha enviado un correo electrónico con una lista de denuncias de mascotas perdidas —contestó Alfred.

—Déjame adivinar —lo interrumpió Batman—. Las desapariciones son más frecuentes en las inmediaciones del jardín botánico.

—Eso parece —dijo Alfred.

Batman se levantó de la silla y se encaminó hacia el ascensor de la Batcueva.

—¿Dónde va, amo? —preguntó Alfred.

—Voy a visitar a una experta en plantas —contestó Batman—. Si alguien puede explicarme qué son estas enredaderas, es ella.

CAPÍTULO 3

HIEDRA VENENOSA

Batman se dirigió al Asilo Arkham montado en la Batmoto. Iba a ver a Pamela Isley, más conocida como Hiedra Venenosa. La villana estaba encerrada tras los muros de la prisión.

No solo era una famosa botánica, sino que también era una criminal peligrosa. Su objetivo vital era proteger la existencia vegetal en la Tierra, aunque eso supusiera romper leyes y dañar humanos.

Antes de entrar en su celda, protegida por una mampara de metacrilato, el guarda le dio a Batman una máscara de oxígeno para que se la pusiera: Hiedra Venenosa emanaba efluvios tóxicos. Su celda tenía un sistema de ventilación especial que evitaba que dichos gases se dispersaran por el asilo, de manera que tanto los guardas como el resto de internos estaban a salvo. Sin embargo, si alguien quería entrar en su celda, debía ponerse la máscara de oxígeno o, de lo contrario, moriría envenenado.

Hiedra Venenosa se sobresaltó cuando Batman entró en la celda.

—Batman, qué agradable visita —dijo, con una sonrisa—. Particularmente agradable, teniendo en cuenta que fuiste tú quien me encerró.

—Esta no es una visita de placer —dijo Batman.

—Contigo, nunca lo son —dijo Hiedra Venenosa, frunciendo el ceño—. A ti lo único que te interesa es resolver crímenes.

—He venido a averiguar qué sabes del nuevo jardín botánico —dijo Batman.

—Sé que está lleno de plantas —bromeó Hiedra Venenosa—. Si me sacas de aquí, podemos ir a dar una vueltecita por allí. Si quieres, puedo enseñarte sus nombres científicos.

—En otras palabras —dijo Batman—: me estás pidiendo que te ayude a escapar.

—¿Escapar? ¿Por qué iba a querer escapar? Aquí tengo todo lo que necesito —dijo Hiedra Venenosa—: aire fresco, luz en abundancia… Ah, y la comida putrefacta que nos sirven aquí es ideal para hacer abono.

Hiedra Venenosa sonrió.

—Además, creo que he echado raíces. El asilo es mi hogar, dulce hogar.

Batman dio media vuelta y se dispuso a salir de la celda de la villana.

—¿Dónde vas? —preguntó Hiedra Venenosa con aire confuso.

—Al jardín botánico —contestó Batman—. Allí tengo toda la información que necesito.

Cuando salió de la celda, Batman le pidió al guarda que vigilara atentamente a Hiedra Venenosa.

—Llama al comisario Gordon si hace algo extraño —dijo Batman.

—Me llamaría más la atención que hiciera algo que no fuera extraño —bromeó el guarda.

Fuera del asilo, las calles estaban desiertas y tranquilas. El motor de la Batmoto rugió, rompiendo el silencio. Batman se dirigió al sur, hacia el parque Robinson, con la esperanza de llegar al jardín botánico antes de que alguien más fuera atacado.

Al doblar la esquina, Batman contactó con Alfred por radio.

—¿Por qué está volviendo al jardín, amo? —preguntó Alfred.

—Estoy buscando raíces —contestó Batman, confiado.

—¿Raíces? —quiso saber Alfred, sorprendido.

—Sí. Hiedra Venenosa dijo algo que me dio que pensar —añadió Batman—. Creo que la planta que estoy buscando está escondida en el subsuelo.

A unos kilómetros de allí, la agente Renee Montoya, miembro del Departamento de Policía de Gotham City, estaba de pie ante las puertas del jardín botánico. Había llamado a la directora hacía más de una hora, pero la mujer no había aparecido aún.

Un suave brisa se colaba entre los arbustos, haciendo crujir las hojas. Renee se estremeció, no porque la noche fuera fresca, sino porque aquel lugar le daba escalofríos. En el jardín reinaba el silencio. Demasiado silencio, en realidad: no se escuchaba el canto de los grillos, ni había polillas revoloteando alrededor de las farolas que iluminaban la entrada. Hasta los murciélagos parecían haber desaparecido del parque.

Todos… menos uno.

—Agente Montoya —dijo una voz entre las sombras.

Renee dio media vuelta, con los puños en alto, preparada para pelear si era necesario.

Batman emergió de la oscuridad.

—No sabía que el comisario Gordon le hubiera ordenado venir aquí —dijo.

Renee se relajó.

—El comisario no ha conseguido convencer al alcalde de que cerrara el parque porque no da crédito a tus suposiciones —dijo la agente—, así que nos ha mandado a mí y a mi compañero, Ben Harper, a investigar.

Renee señaló hacia el lugar donde se suponía que debía estar su compañero: había desaparecido. Justo en ese momento, se escuchó un alarido.

—¡Creo que es Ben! —gritó Renee, alarmada.

Batman y la agente corrieron al lugar de donde provenía el grito. Gracias al reflejo de la luna, Batman vio que el agente Harper había sido hecho prisionero por las enredaderas y que estas lo arrastraban por los arbustos hacia el jardín botánico.

—Renee, ve a la entrada principal —le ordenó Batman.

—¿Cómo vamos a entrar? —preguntó la agente.

Batman se llevó la mano al batcinturón y sacó de él un cable de cuyo extremo pendía un batarang. Batman se enroscó el cable alrededor del puño y lanzó el batarang hacia los arbustos. El artilugio se clavó en la rama de un árbol y Batman se elevó por los aires, sobrevolando las copas de los matorrales y la cúpula de cristal del jardín.

—No hace falta que me contestes —dijo Renee.

La agente se dirigió a la entrada del jardín botánico.

Batman aterrizó con un gran estruendo y alcanzó a ver cómo las enredaderas arrastraban a Harper por el suelo: lo estaban llevando al centro del jardín, a la sala de recepciones.

A medida que Batman se acercaba al centro, enredaderas cada vez más gruesas y fuertes surgían del suelo. Sus sinuosos filamentos empezaron a rodearlo.

Batman sacó un pequeño *spray* del batcinturón que contenía un líquido amarillento que él mismo había elaborado. Aquel líquido debía protegerle de las plantas de Hiedra Venenosa. Cuando las roció con el compuesto, las enredaderas se retrajeron y le permitieron avanzar.

Sin embargo, Harper había desaparecido de su campo visual: era como si las plantas se lo hubieran tragado.

Batman corrió hacia la sala de recepciones: era un enorme recinto de cristal que parecía un invernadero. Las puertas de la sala estaban abiertas de par en par. De ellas pendía una pancarta roja en la que se leía: Bienvenidos al X Banquete Anual de la Alcaldía de Gotham City.

«¿Qué habría pasado si las enredaderas hubieran atacado en presencia del alcalde?», pensó Batman. «Ese debe de haber sido el plan maléfico de Hiedra Venenosa».

Batman atravesó la puerta de la sala de recepciones a toda velocidad. En el centro de la habitación había un enorme agujero que ocupaba el lugar en el que antes había estado la pista de baile. El agente Harper no estaba por ninguna parte.

Batman se quedó observando la profundidad del agujero. Renee corrió hacia él.

—¿Dónde está Ben? —preguntó, asustada.

—Ahí abajo —contestó Batman—. Si estoy en lo cierto, ese agujero va a dar al sistema de alcantarillado de Gotham City y conecta directamente con el Asilo Arkham.

A lo lejos, se escuchó un grito ahogado. Batman y Renee se asomaron al hueco: sabían perfectamente quién estaba profiriendo aquellos gritos.

La agente de policía se dispuso a saltar por el hueco, pero Batman la agarró del brazo.

—Es demasiado peligroso —dijo.

—Tengo que salvar a mi compañero —contestó.

—Yo rescataré a Harper —le dijo Batman—. Necesito que tú te asegures de que Hiedra Venenosa no escapa del Asilo Arkham. Esta planta misteriosa obedece sus órdenes.

Cuando terminó de decir aquello, Batman se introdujo por el agujero y la oscuridad se lo tragó.

CAPÍTULO 4

EL RESCATE

SPLAS Batman aterrizó sobre el agua. Sacó una linterna del batcinturón y la encendió. Frente a él, el túnel se estrechaba y se perdía en la oscuridad. A lo lejos se escuchaba un sonido amortiguado de arañazos.

Batman corrió por el túnel, esquivando tuberías y saltando charcos. No estaba muy seguro de a dónde estaba yendo: seguía la dirección que le indicaban los gritos de Harper. Sabía que estaba cerca porque los chillidos se escuchaban cada vez con más volumen.

Batman se encontró en una encrucijada sin saber qué camino seguir. Los sonidos de las salpicaduras y los gritos de socorro hacían eco por doquier.

Batman contactó con Alfred por radio:

—Comunícame con la agente Montoya.

—Un momento —contestó Alfred.

Unos segundos después, Batman escuchó la voz de Renee a través de los auriculares insertados en su capucha.

—¿Ya estás en el asilo? —preguntó Batman.

—Estoy cruzando el río Sprang —contestó ella.

—Contacta conmigo en cuanto llegues a la celda de Hiedra Venenosa —dijo Batman.

—¿Has encontrado a Harper? —quiso saber la agente.

—Aún no, pero estoy cerca —respondió Batman.

El Caballero Oscuro se quedó pensativo un momento: no sabía qué túnel tomar. Justo encima de él había una boca de alcantarilla. Decidió escalar y abrirla.

En la superficie, las estrellas apenas se veían en el cielo, cegadas por las luces de neón de Gotham City. Sin embargo, una estrella sí era visible: la Estrella Polar refulgía en el cielo.

«Se me acaba de ocurrir una idea», pensó Batman.

La Estrella Polar era la última estrella de la cola de la Osa Menor. También se la conoce como Estrella del Norte, porque señala siempre al Polo Norte. En la Antigüedad, los marineros solían servirse de su reflejo para navegar en esa dirección.

Batman volvió a la alcantarilla y decidió tomar el túnel que iba en la misma dirección que la Estrella del Norte: el Asilo Arkham quedaba en esa dirección con respecto a Robinson Park.

No pasó mucho tiempo hasta que Batman volvió a escuchar los gritos de Harper y supo que estaba cerca de su objetivo. Atravesó unos cuantos túneles más a toda velocidad hasta que, de repente, giró una esquina y se vio obligado a parar.

El túnel daba a una enorme y lúgubre caverna. La luz de la linterna apenas iluminaba la pared más lejana. La gruta donde estaba era lo único que alcanzaba a ver debido a la profunda oscuridad.

Batman avanzó un par de pasos con mucha cautela. ¡CRUNCH! ¡CRUNCH!

Sintió cómo algo crujía bajo sus pies. Miró hacia abajo y se dio cuenta de que era un hueso blanquísimo, sin rastro de carne sobre él.

Batman iluminó el suelo con la linterna y descubrió que estaba completamente cubierto de esqueletos de animales: gatos, perros, pájaros.

—¡Socorro! —gritó Harper.

Batman lo iluminó con la linterna. Lo que vio le sorprendió casi tanto como le horrorizó: de una enorme tubería que había en el techo colgaban cientos de enredaderas. Una de las más gruesas intentaba introducir a Harper a través del orificio de la tubería. Batman no alcanzaba a imaginar qué había en su interior, pero de lo que sí estaba seguro era de que no se trataba de algo bueno, sobre todo para Harper.

Batman sacó un batarang de su cinturón y lo lanzó hacia las enredaderas.

La cuchilla del batarang atravesó el grueso brazo de la planta. Harper cayó al vacío y aterrizó sano y salvo sobre la pila de huesos. En cuanto tocó el suelo, una avalancha de enredaderas se abalanzó sobre él.

Batman intentó sacar de allí al policía, pero había demasiadas plantas sobre él. El *spray* de líquido protector amarillo pronto se vació y los batarangs que le quedaban no eran suficientes para atravesar la maraña de enredaderas que tenían prisionero a Harper.

Las plantas empezaron a atacar también a Batman. El Cruzado Enmascarado retrocedió hasta tener la espalda contra una de las paredes de la caverna y, desde allí, empezó a lanzar batarangs para cortar las enredaderas que se aproximaban a él.

Mientras luchaba contra las plantas, Batman escuchó la voz de Alfred a través de los auriculares.

—¿Va todo bien, amo? —preguntó el mayordomo.

En ese preciso momento, una liana se enroscó en torno a la cintura de Batman.

—Ahora mismo estoy un poco liado —replicó Batman.

Batman usó el último batarang para liberarse.

Rápidamente, cientos de filamentos se abalanzaron sobre él, pero Batman logró esquivarlos.

—La agente Montoya desea hablar con usted —contestó Batman, apartando enredaderas.

—Ponme con ella —contestó Batman mientras intentaba zafarse de las enredaderas.

—Ya estoy con Hiedra Venenosa —dijo Renee.

Una liana se aferró al tobillo de Batman y le hizo caer al suelo.

¡AAAAAHHH!

—Dile a Hiedra Venenosa —empezó a decir Batman— que si no hace que su planta deje de atacarme inmediatamente, tendré que matarla.

Segundos después, la agente Montoya habló de nuevo.

—Dice que tus amenazas no funcionarán con ella —respondió la policía—. Tendrás que sacarla del asilo si quieres que ordene a la planta que pare.

Batman intentó cortar la liana que se había aferrado a su tobillo pero, mientras lo hacía, otra se enroscó en torno a su muñeca. El Caballero Oscuro soltó el batarang y la enredadera trepó sinuosamente por su brazo hasta alcanzar su cuello.

—Dile —chilló Batman— que si no hace que la planta pare inmediatamente, no solo nos veremos

obligados a matarla, sino que la gente empezará a tener miedo de visitar el jardín botánico. Tendrán que cerrarlo y las plantas que hay allí dentro morirán.

Batman se aferró a una de las paredes del túnel para evitar que las enredaderas lo llevaran de nuevo al interior de la caverna.

—La gente dejará de ir a Robinson Park —continuó Batman—. El parque cerrará y lo convertirán en un aparcamiento.

Batman aguardó a escuchar la respuesta de Hiedra Venenosa a través de los auriculares, pero solo oyó silencio.

Entonces, Batman notó cómo las enredaderas lo arrastraban al suelo: la planta lo estaba llevando hacia la tubería. Por el rabillo del ojo pudo ver a Harper, que pendía de unas lianas que surgían del techo.

—Tú ganas —fue la respuesta de Renee a través de los auriculares—, pero Hiedra Venenosa dice que tienes que prometer que no destruirás la planta.

—De acuerdo —consiguió decir Batman antes de que una enredadera le amordazara la boca.

En el asilo, Hiedra Venenosa caminó hasta el lavabo que había en su celda e introdujo las manos en la pila. Cuando Renee se acercó para ver qué estaba haciendo la villana, se percató de algo extraño: del sumidero surgía un manojo de raíces.

Hiedra Venenosa señaló con la cabeza en dirección a las cámaras de seguridad que había en su celda.

—Normalmente abro el grifo, así los vigilantes piensan que me estoy lavando las manos.

Las raíces se revolvieron dentro del desagüe y se enroscaron en torno a las muñecas de la criminal.

—Creé unas semillas especiales antes de que me encerraran —explicó Hiedra Venenosa— y me las ingenié para introducirlas en el asilo cuando me internaron. Conseguí que la semilla creciera en el lavabo: sus raíces treparon por las tuberías de la prisión y llegaron al sistema de alcantarillado de la ciudad. Lo que hace que esta planta sea especial —continuó la villana— es que reacciona a los compuestos químicos de mi cuerpo. Los compuestos que hacen que yo sea especial. Con la combinación correcta de elementos, puedo someter la voluntad de la planta y ordenarle qué presa atacar.

Mientras tanto, en la caverna, las enredaderas aflojaron su abrazo y Batman cayó al suelo. Un segundo después, Harper aterrizó junto a él. De repente, la planta dejó de moverse.

—Batman —dijo la voz de Renee a través de los auriculares—, Hiedra Venenosa le ha ordenado que pare. ¿Está Ben a salvo?

Batman se volvió para mirar a Harper, que estaba tendido de espaldas sobre la pila de huesos de animales muertos. Parecía conmocionado.

—No parece que haya ningún hueso roto —contestó Batman—. Al menos, ninguno suyo.

CAPÍTULO 5

UNA EXPOSICIÓN POCO HABITUAL

Semanas después, el multimillonario Bruce Wayne y su mayordomo, Alfred, admiraban la nueva adquisición del jardín botánico: en el centro de un patio de piedra había una enorme jardinera vacía. O, al menos, eso parecía.

La jardinera estaba rodeada por una gruesa alambrada que prevenía a los visitantes de acercarse demasiado.

—¿De verdad cree que es seguro exhibir la creación de Hiedra Venenosa en el jardín botánico, amo? —preguntó Alfred, un poco asustado—. Sobre todo, teniendo en cuenta que los cuidadores del jardín protegían a la planta.

—Los cuidadores no la protegían por voluntad propia —contestó Bruce—: en realidad, tenían miedo de lo que Hiedra Venenosa pudiera hacerles si no colaboraban con ella. Simplemente se limitaron a cuidar de la planta, de que no le faltara luz ni agua.

Pero no sabían que lo que la villana pretendía era secuestrar al alcalde de Gotham y de otras ciudades y usarlos con rehenes de intercambio para que la liberaran del Asilo Arkham. Sin embargo, le prometí que la planta no sería destruida y tengo que mantener mi palabra.

—Aun así, no me termina de gustar la idea —renegó Alfred.

Bruce se acercó a la enorme jardinera, cercada y aparentemente vacía.

—Solo hemos conservado un pequeño brote de la planta original. Hiedra Venenosa nos ha asegurado que, si no la alimentan en exceso, la planta no crecerá demasiado y así será más fácil vigilar que no se salga de la jardinera.

Mientras Bruce Wayne decía aquello, una elegante mariposa sobrevoló la alambrada metálica. Sus coloridas alas se agitaban alegremente bajo los cálidos rayos del sol, creando leves reflejos. Cuando la pequeña mariposa se acercó a la jardinera, una enredadera surgió de debajo de la tierra y se fue aproximando sinuosamente al insecto.

De repente, de la enredadera surgió una vistosa flor que abrió y cerró sus pétalos en un pestañeo y desapareció en la tierra de la maceta con su almuerzo tan rápido como había aparecido.

Los visitantes gritaron de emoción y espanto al contemplar la escena.

Alfred frunció el ceño.

—Como ves, es la atracción más popular del jardín —comentó Bruce.

El multimillonario y su mayordomo se quedaron un rato observando la creación de Hiedra Venenosa, entre maravillados y asqueados.

Bruce Wayne, a pesar de todo, no pudo reprimir una sonrisa de satisfacción: Hiedra Venenosa seguía entre rejas, Batman no había faltado a su palabra y, lo más importante de todo... Gotham City estaba a salvo.

Hiedra Venenosa

NOMBRE REAL: Pamela Isley

PROFESIÓN: Criminal, Botánica

BASE DE OPERACIONES: Gotham City

ALTURA:
1,52 m

PESO:
50 kg

COLOR DE OJOS:
Verde

COLOR DE CABELLO:
Pelirrojo

Además de poseer una inmunidad innata a las toxinas y venenos de cualquier tipo de planta, Pamela Isley se caracteriza por su fascinación por el mundo vegetal en general, afición que cultiva desde niña. Estudió Botánica y se dedicó al estudio de las plantas durante años hasta que, durante una serie de desafortunados experimentos, Pamela sufrió un accidente que modificó su naturaleza y la convirtió en una criatura venenosa. Sus labios y sus armas de origen vegetal suponen enormes quebraderos de cabeza al Caballero Oscuro. Sin embargo, la característica más peligrosa de Hiedra Venenosa es su amor sin límites por la naturaleza: en su escala de valores, hasta la semilla más insignificante es más valiosa que cualquier vida humana.

D.P.G.C. DEPARTAMENTO DE POLICÍA DE GOTHAM CITY

- Antes de convertirse en Hiedra Venenosa, Pamela Isley fue la prometida del Fiscal del Distrito de Gotham City, Harvey Dent, que, posteriormente, se convirtió en el villano conocido como Dos Caras. Su relación terminó cuando Dent autorizó la construcción de una nueva prisión en una zona de flora protegida, desatando la ira de su pareja.

- Hiedra Venenosa emite efluvios y vapores tóxicos que pueden ser dañinos para los humanos. Es por ello que, para sus internamientos en el Asilo Arkham, tuvieron que construir una celda especial con paredes de metacrilato en lugar de barrotes para asegurar la integridad de los vigilantes.

- Hiedra Venenosa ama incondicionalmente a las plantas, pero su amor no es siempre correspondido: una planta carnívora de su creación llegó a desarrollar personalidad propia y se volvió contra ella, intentando asesinarla. El Cruzado Enmascarado tuvo que intervenir para salvarla de morir devorada por su propia criatura.

- La conexión mental de Hiedra Venenosa con las plantas es tal que puede controlarlas a voluntad. El poder que ejerce sobre sus criaturas, algunas de ellas letales, la convierte en uno de los grandes enemigos del Departamento de Policía de Gotham City y, por supuesto, del Caballero Oscuro.

CONFIDENCIAL

BIOGRAFÍAS

Blake A. Hoena nació en Wisconsin. Es autor de más de treinta títulos de literatura infantil, incluyendo la colección de novelas gráficas protagonizadas por Eek y Ack, dos hermanos alienígenas.

Erik Doescher es ilustrador y diseñador de videojuegos afincado en Dallas, Texas. Cursó estudios en la Escuela de Artes Visuales de Nueva York y trabajó para numerosos estudios de cómic en esa ciudad hasta que se trasladó a Texas para continuar su carrera como diseñador de videojuegos. Doescher sigue ilustrando ocasionalmente cómics de sus personajes preferidos.

Mike DeCarlo colabora desde hace años en la industria del cómic, habiendo ilustrado personajes que van desde Batman o Iron Man pasando por Bugs Bunny y Scooby-Doo. Reside en Connecticut con su mujer y sus cuatro hijos.

Lee Loughridge lleva trabajando en el mundo del cómic más de 14 años. Actualmente vive en California, en una tienda de campaña en la playa.

GLOSARIO

Abono: sustancia compuesta de materias que aumentan la fertilidad de la tierra.

Botánica: ciencia que trata del mundo vegetal.

Carnívoro: organismo vivo que se alimenta de carne.

Efluvio: emisión de partículas muy pequeñas.

Jardín botánico: recinto, abierto o cerrado, dedicado a le exposición y conservación de diversos tipos de vida vegetal.

Mampara: panel de cualquier material que sirve para dividir o aislar un espacio.

Metacrilato: producto plástico transparente, de gran resistencia a los agentes atmosféricos, que se usa como elemento aislante.

Nutriente: sustancia que alimenta y da fuerza.

Tóxico: que tiene la cualidad de ser venenoso.

Volatilizarse: transformarse espontáneamente en vapor.

¿QUÉ PIENSAS DE...?

1. Si fueras Batman, ¿habrías dejado vivir a la peligrosa planta de Hiedra Venenosa? ¿Serías capaz de romper una promesa? ¿Por qué motivos?

2. ¿Cómo crees que sería el mundo si la planta carnívora de Hiedra Venenosa existiera? ¿Te comerías una planta carnívora? ¿Por qué sí o por qué no?

3. El multimillonario Bruce Wayne tiene una identidad secreta: Batman. ¿Por qué crees que mantiene la identidad del superhéroe en secreto? Si tú fueras un superhéroe, ¿se lo contarías a alguien?

¡USA TU IMAGINACIÓN!

1. A Hiedra Venenosa le encanta crear plantas extrañas. Imagina cómo sería una planta de tu creación: ¿qué haría?, ¿qué aspecto tendría? Describe tu criatura y, después, haz un dibujo.

2. Lo que más le gusta a Hiedra Venenosa son las plantas. ¿Qué es lo que más te gusta a ti? Haz una lista de tus gustos y aficiones.

3. Si Hiedra Venenosa se hubiera negado a obligar a que su planta liberara a Batman, ¿qué otra cosa podría haber hecho el Caballero Oscuro para sobrevivir? Escribe tu propio final alternativo.

TÍTULOS DE LA COLECCIÓN

BATMAN

| LA VENGANZA DE CARA DE BARRO | LA NIEBLA DEL TERROR | MIEDO EN LA CASA DE LA RISA | EL JARDÍN DE HIEDRA VENENOSA |

¡TUS LIBROS CRECEN CONTIGO!

 NIVEL 0
Lecturas de vocabulario elemental, tramas simples y desarrollo gramatical sencillo acompañadas de llamativas ilustraciones y pictogramas para empezar a familiarizarnos con el mundo de las letras y la lectura. Ideales para el inicio en la lectoescritura asistida.

NIVEL 1
La ilustración aún juega un papel importante en estas lecturas de vocabulario básico, mayor número de palabras, introducción a la oración simple y tramas sencillas que captarán la atención de los que ya empiezan a leer solos.

 NIVEL 2
La ilustración pierde protagonismo para cedérselo a lecturas de vocabulario más avanzado, mayor número de palabras y tramas complejas narradas con oraciones simples, aunque más elaboradas. Ideales para empezar a entrenar la compresión lectora y a prestar atención a lo que se lee.

 NIVEL 3
Lecturas de vocabulario específico, de 3.000 a 5.000 palabras. La estructura elaborada y la introducción de las oraciones subordinadas ayudarán a afianzar la comprensión lectora. Incluyen glosario, actividades de comprensión y ejercicios de redacción.

Leer es un placer que estimula el desarrollo de la inteligencia, mejora la capacidad de expresión y nos hace crecer al tiempo que aprendemos. Sin embargo, para disfrutar al máximo de la lectura, hay que elegir el nivel adecuado de dificultad para cada etapa del aprendizaje.

Para ayudar a los padres en la difícil tarea de escoger lecturas adecuadas para las capacidades de sus hijos, hemos dividido nuestros libros en cinco niveles para que la elección de un libro sea siempre un acierto seguro.

 NIVEL 4
Lecturas con vocabulario complejo, estructura novelada, a partir de 5.000 palabras, ideales para los que ya tienen las competencias lectoras afianzadas. Incluyen glosario de términos, actividades de comprensión y ejercicios de redacción para mejorar la expresión escrita.